LES JEUX

D'ENFANS.

A

LES JEUX D'ENFANS.

POËME

TIRE DU HOLLANDOIS.

PAR M. FEUTRY.

Non Meræ nugæ.

A LA HAYE;

Et se trouve à Paris,

Chez DURAND Neveu, Librairè
rue S. Jacques, à la Sagesse.

MDCCLXIV.

Si volumus, magna sæpe inelligemus ex parvis. Cic.

PRÉFACE.

CETTE Brochure eſt bien *petite,*
j'en conviens ; mais c'eſt le ton du
jour : car tout eſt devenu *ſi petit,*
ſi petit, ſi petit, ... on ſent de
reſte que je ne veux parler que des
petites choſes qui groſſiſſent la plûpart
de nos volumes. Mon intention dans
cet *Enfantillage,* étoit de ne pas en
offrir tout à fait de ſemblables: Si je
me ſuis trompé, au moins n'ennuie-
rai-je qu'un petit moment.

A iij

Comme ceci n'eſt qu'un *Enfan-tillage*, pour me ſervir des termes de l'Auteur, j'ai cru devoir ne pas m'écarter de ſon idée, & ſuivre le coſtume. J'en ai donc fait, par ce petit *format*, & par la gentilleſſe de l'impreſſion, un vrai *Jou-jou* que j'offre, *pour Etrennes,* aux *Enfans* de tous les âges.

EPITRE

A MON FILS.

Disce Puer virtutem ex me, verumque laborem,
Fortunam ex aliis . . . Virg. Æneid. lib. 12.

MON Ami, vous êtes jeune ; dévorez les leçons que je vous préfente. N'imitez pas mes erreurs ; je les abjurerai bientôt publiquement : je ferai mieux, je les réparerai. (*) Le jour où j'ai commencé à les fentir eft à peine écoulé ; & c'eft de là que je date mon adolefcence. Inftruifez-vous par la trifte expérience

____

(*) Intelligant quorum intereft.

A iiij

des autres ; conduisez-vous avec la sagesse de votre Mère ; profitez de ses talens, & vous envierez moins les miens.
Si elle vous a donné le jour, elle m'a
rendu à la vie ; n'oublions donc jamais
ce que nous lui devons. Je vous pré-
viens que dans le monde on jette souvent du ridicule sur la vertu & sur les
talens, mais on finit toujours par les
respecter : souvent encore le vice est
applaudi, l'illusion cesse bientôt ; & le
mépris reste. Apprenez de plus, qu'être
riche, ce n'est pas être heureux, & que
le Bonheur est le seul but du Sage. Vous
n'avez que douze ans, mon Ami, j'en
ai quarante-trois, & vous me croyez
fort âgé ; mais je sens, d'après mes
réflexions sur ces Jeux, que je ne suis
encore tout au plus qu'à mon second
berceau . . . . . Adieu.

LES JEUX D'ENFANS.

POËME (*a*).

„ Tout nous dit que la vie est un vrai jeu
  „ d'Enfant ;
„ Je le pensois jadis ; je le sçai maintenant.

Epitaphe de Jean Gay,
atribuée à lui-même (*b*).

LE Ciel étoit serein, un jour pur
éclairoit les beautés de l'univers ; un
vent frais & leger tempéroit la chaleur
naissante du milieu du Printemps : tout
concouroit à faire briller les richesses

(*a*) Cette Piece fugitive est tirée d'un
Recueil de Poësies Hollandoises du célébre
Catz. On n'en a pris que le titre, & l'idée
générale.

Le *Kinder-Spel*, ou *Jeux d'Enfans*, est
d'environ quatre cens Vers, de huit syllabes
& rimés.

(*b*) Poëte Anglois, mort en 1732, &
enterré à Westminster.

A v

de la nature qui sembloit inviter les mortels a jouir de ses bienfaits. Attirée par le charme d'un jour si beau, une foule d'Enfans aimables s'échape de la triste enceinte d'une ville, & vient se répandre au loin sur le gazon fleuri. Là, semblables à de tendres agneaux, ces Enfans bondissent ; ils se dispersent par petites bandes que forment naturellement leurs inclinations & leurs gouts : & ils commencent bientôt leurs jeux différens.

O vous ! mortels sérieusement appliqués à de graves riens ! Enfans ridés de tous les Etats, venez contempler ces jeux innocens & instructifs. Ils renferment des leçons utiles à la vie, & composent un petit monde dont le nôtre n'est qu'une image grossie par le Télescope de la Vanité. Prenez celui de la Raison, & vous percerez les abymes du cœur de l'homme. Vous pourrez vous reconnoître alors à ces Jeux Enfantins (a), que vous regardiez comme futiles, pitoyables ou risibles.

VOYEZ cet Enfant badin, qui, un bandeau sur les yeux, les bras tendus, les mains ouvertes, les doigts écartés, marche en glissant & en tâtonnant la haye. Voyez comme il court, tourne, va, revient en cherchant quelqu'un de sa troupe qu'il puisse toucher dans sa course incertaine : il le prend enfin, le nomme & se trompe. En vain lui dit-on qu'il est dans l'erreur, qu'il n'a pas trouvé ce qu'il cherchoit ; il insiste & demande à re-

____

(a) ,, Ludos pueri qui mutant, viri facti
,, affecti novationibus aliam vitam quæ-
,, runt, ea quæsita, alias leges cupiunt...
Plat. de Leg. Dial. 7.

voir la lumiere pour vérifier fa prife
trompeufe. On arrache le voile ; il
reconnoît fa faute , mais trop tard,
hélas ! . . . . C'eft ainfi que l'Amour
nous aveugle ; c'eft ainfi que l'Hymen
nous rend la vûe.

REGARDEZ cet autre non moins
infenfé ; il quitte la prairie aux mu-
giffemens aigus d'un taureau qu'on
égorge dans la ferme prochaine qui
appartient à fes Parens. Ce n'eft pas
le defir de profiter de l'abondance,
que ce facrifice néceffaire va porter
dans la maifon, qui le fait agir; il ne
fonge ni à l'utilité de cet approvi-
fionnement, ni à la graiffe de cet
animal, qui doit l'éclairer, ni à fa
chair qui le nourrira ; encore moins
penfe-t-il à la peau deftinée à fa
chauffure ; tout fon empreffement,
fon ardeur, ne tendent qu'à deman-

der la veffie qu'il obtient, & que foudain il remplit de vent. Tranf-porté d'allegreffe par fa groffeur, par fa légéreté, & par fa réfonance, il la fait bondir cent fois : mais que cette joye dure peu ! ce balon qu'il croioit devoir faire fa félicité, tombe bien-tôt fur quelque pointe qui dans l'inf-tant le perce. Le vent s'échape, cette groffeur factice s'évanouit, & ne laiffe qu'une peau flétrie & dégoûtante. L'Enfant pleure & revient triftement raconter fon infortune à fes camarades qui l'en confolent par des éclats de rire.

Hommes vains ! quel eft le bût de vos démarches ? une mince *gloriole* ; une vapeur legere ; un miférable vent. Vous ne penfez ni aux biens folides, ni à la véritable gloire. Sans vertus, fans mœurs & fans talens, vous cou-lez, au fein même de la diffipation,

des jours filés par l'ennui, & agités
par les remords. Vous vous croyez
prefque des dieux, fi de vils adula-
teurs font fumer à vos pieds un en-
cens offert par la feule cupidité. Un
revers arrive; le balon de cette prétendue félicité fe defenfle, s'affaiffe,
& ne vous laiffe que des regrets
cuifans & fuperflus, que l'abandon
& le mépris de ces mêmes flatteurs
vous rendent encore plus amers.

CONSIDEREZ ce groupe de jeunes
Ecoliers, qui, la bouche béante, &
la tête à demi renverfée fur le dos,
admirent un Cerf-volant. Ils font
étonnés de le voir au plus haut des
airs le difputer à l'aigle audacieux;
ils ne réfléchiffent pas fur l'effet de
la corde qu'eux-mêmes tiennent & di-
rigent : ils ne voyent que l'élevation
rapide de leur Cerf qui femble enfuite

planer avec fierté dans la Région supérieure. On diroit qu'ils ne le regardent qu'avec respect ; mais, ô douleur ! la ficelle, qui seule soutient ce nouvel Icare, cede à l'effort impétueux d'un coup de vent inattendu, se rompt & l'abandonne à ses propres forces. Bientôt il vacille, tournoie, culbute & se précipite dans un marais fangeux voisin de la Prairie. La petite troupe vole sur ses bords, & ne peut s'empêcher de huer à la vûe de la bourbe dont l'objet de son admiration est couvert : les pompons dont ils l'ont orné, dérangés par cette chûte, ajoûtent encore à l'espece de ridicule qu'ils y voyent, & ils finissent par le fouler aux pieds & achever de le mettre en pieces.

Tremblez, vous ! que la Puissance Suprême porte avec tant de rapidité au faîte des honneurs & de la fortune! un orage subit se forme ; le fil de la faveur se brise, & un même jour voit un Courtisan chéri, le matin auprès du trône, & le soir dans la boue. Cet infortuné, que ses vils entours & ses bas protégés divinisoient, devient en un moment le jouet & la risée de ceux même qu'il combloit de biens.

REMARQUEZ cette bande ingénue de petites Filles. Elles conviennent entr'elles de jouer à la Princesse, à la Marquise, & de remplir le cérémonial absurde, mais d'usage, pour chacune de ces qualités fictives. La jeune Princesse a bientôt une Cour nombreuse qui tantôt se tient debout, tantôt s'assied, toujours avec peu d'aisance, tandis que la prétendue Souveraine se penche fort négli-

gemment fur un fiége de verdure
qu'elles avoient élevé avec affez
d'adreffe. Infenfiblement elle s'accou-
tume aux honneurs, aux hommages,
& oublie que toutes ces petiteffes de
convention ne font attachées qu'au
rang, à moins que, contre le cours
ordinaire des chofes, ce qu'on appelle un Grand, ne foit doué de
cette élévation d'ame, qui feule force
au refpect, à l'eftime & à l'attache-
ment. Le Jeu commence. La Princeffe exige déja le titre de Majefté;
elle veut qu'on y ajoûte celui d'Impé-
riale, de Sacrée, d'Augufte; elle
ordonne qu'on la ferve à genoux,
profterné, & qu'on ne forte de fa pré-
fence qu'à reculons. La Ducheffe, la
Baronne entendent à leur tour être
qualifiées d'Alteffe Royale, Sérénif-
fime, de gracieufe Excellence: tout
ce qui les environne, jufqu'à celles

qui ont pris le rôle de Femmes de
Chambres, exigent de la grandeur ;
& qu'on ne leur parle qu'à la troisié-
me perfonne. Cette étiquette bouf-
fonne & *affomante* s'obferve avec
exactitude. La Princeffe à peine a-
t-elle ouvert la bouche, fans avoir
achevé fa phrafe, qu'on fe récrie
de plaifir, & qu'on fait retentir le
canton de clameurs & d'applaudiffe-
mens . . . . . . » Hier au foir, un peu
» tard, dit-elle, je me fuis prome-
» née dans mon Parc ; j'ai eu peur
» des Efprits, & je crois même en
» avoir entendu murmurer quelques-
» uns . . . . « La Princeffe a raifon,
répondit toute la Cour Enfantine,
certainement il y a des Efprits . . . . .
» Je me fuis fait dire auffi ma bonne
» avanture, il y a quelques jours,
» & j'y ai reconnu beaucoup de
» vrai . . . . . « La Princeffe a raifon,

les Devins & les Faiseurs d'horosco-
pes font d'honnêtes gens, & méri-
tent d'être confidérés.... Enfin à
chaque abfurdité qu'elle lâchoit, quoi-
qu'avec bien de l'efprit, on répétoit
toujours que la Princeffe avoit raifon.
Cependant une petite revêche ne put
contraindre longtems fon caractére,
ni contenir fa vivacité, & finit par
la contredire. La Reine de la Prairie
la reprend avec aigreur ; la mutine
perfifte, & continue fes contradic-
tions. On replique, la colere s'en
mêle, la petite troupe fe dérange, &
tombe dans la confufion & dans l'anar-
chie. L'illufion ceffe avec le Jeu ; les
aufteres gouvernantes arrivent, & tout
rentre dans l'ordre & dans l'égalité.

Qui ne voit l'application de cette
image ? nous fommes convenus de

Monseigneuriser tel homme qui fouvent eft un fot, un imbécile, pour ne
rien dire de plus. Pourquoi donc vou-
loir fe fouftraire à cet arrangement ?
N'appelle - t - on pas quelquefois un
Epagneul , *Céfar* ? C'eft fon nom.
Tandis que le Jeu dure , c'eft-à-dire
pendant le cours de la vie , gardons
foigneufement les formules. Les ap-
parences ne doivent rien couter ,
furtout au vrai Philofophe. Son Alteffe , ou Monfeigneur veut foutenir
une idée fauffe , extravagante , monf-
trueufe ; applaudiffez : dites comme
ces enfans , fon Excellence a raifon.
Vous lui devez ces égards ; vous lui
devez encore , (c'eft de fon rang que
je parle) un ton compofé , un air ref-
pectueux , un difcours mefuré. Vous
lui devez , de plus , quelques menfon-
ges honnêtes , permis , même né-

cessaires (*a*). Quant à l'estime, à la confiance, c'est autre chose ; il faut que sa grandeur la mérite. Voilà comme il faut que les hommes jouent. Il est plus sage, sans doute, de fuir ce que le vulgaire nomme indistinctement *Grands Seigneurs*. Mais on n'est pas toujours le maître des circonstances que le sort amene : d'ailleurs il en est quelques-uns d'instruits, d'aimables & de vertueux.

QUELS sont ces quadrilles d'Enfans armés de baguettes, précédés

_____

(*a*) Que ceux qui voudroient trouver cette morale un peu relâchée, sçachent qu'il ne s'agit point ici de choses graves. Si un Grand, qui feroit, comme cela est possible, de la mauvaise Profe, ou de méchans Vers, me consultoit sur son ouvrage, je n'irois point aux *carrieres* : mais s'il me demandoit des avis sur une injustice qu'il préméditeroit, mon silence, mes larmes, ou ma fuite, lui marqueroient mon defaveu.

d’un petit tambour & d’un mouchoir
flottant qui leur fert de drapeau? Ils
forment différens corps, chacun un
chef à la tête. Ils paroiſſent tracer un
camp, s’y retrancher, aller à l’ordre,
faire en un mot toutes les évolutions
militaires. Ils s’étendent dans la plai-
ne, choiſiſſent leur terrein, fe ran-
gent en bataille, s’ébranlent & fe
chargent réciproquement. Pluſieurs
font déja renverſés dans ce premier
choc, & ont reçu quelques légeres
contuſions; la mêlée devient preſque
générale, & même un peu férieuſe. Le
defir de vaincre auroit pû rendre ce Jeu
tragique, fi les Gouverneurs de cette
bouillante jeuneſſe ne fuſſent accourus
pour féparer les combattans, calmer
leur pétulance, & les porter à la paix.

O Brigands, Meurtriers, Aſſaſſins,
fauſſement connus fous les illuſtres

noms de braves Soldats , de Vain-
queurs généreux , de Héros magna-
nimes ! que ne vous rendez-vous à la
voix facrée de vos Précepteurs, l'hu-
manité & la raifon ? Mais cette voix
eft trop foible & trop lointaine ; vous
les avez bannis , ces divins inftitu-
teurs , & vous n'écoutez que celle de
l'ambition , de l'avarice, de la fureur
& de la licence. Vos jeux cruels , ces
guerres barbares font le malheur des
Nations & l'opprobre du Cœur & de
l'Efprit humain. Encore ! fi vous def-
fendiez la Patrie, vos Foyers , vos
Femmes , vos Enfans, ou fi vous
combattiez pour la Juftice ! ... Que
dirois-je de plus , à cet égard , qui
n'ait été mille fois mieux exprimé par
l'éloquent Génevois ?

QUEL eft cet Enfant ifolé dans l'un
des angles de ce vafte tapis de ver-

dure? Soyez attentifs à son maintien
Ses yeux annoncent le contentemen
ses geftes marquent la joye ; voy
avec quelle application il pince u
nerf tendu fur une efpece de mon
corde qu'il a lui-même fabriqué ,
dont il croit jouer mélodieufemen
Il s'écoute, s'admire, fe complait
s'applaudit. Plus fatisfait de la for
de Mélopée que cet inftrument i
forme produit à fon oreille que d
accords enharmoniques du fublin
Rameau, il jouit du fuprême bonheu
Aucun des plaifirs de fes camarad
ne le touche ; il eft infenfible à leu
jeux ; il fe fuffit à lui-même.

Bornez vos defirs , contentez-v
de ce que vous poffedez, ne fouhaite
rien audelà de votre fphere & vo
ferez heureux. Si vous trouvez autar
de goût dans les mets de *Strabon* qu
dan

dans ceux de *Lucullus*, qu'avez-vous besoin de richesses ? si votre chalumeau vous amuse, pourquoi regretter avec douleur de ne pouvoir entendre les chef-d'œuvres du divin *Pergolese* ?

EXAMINEZ celui-ci : il galope à toute bride sur un bâton. Il croit monter un Cheval d'Espagne de grand prix, richement caparaçonné, & de l'ancienne race Arabe. Il imagine prendre tous les airs de manége, & se pavane dans les graces qu'il étale. Mais lassé de ses caracolles, il se repose, & voit enfin que son superbe coursier n'est qu'un morceau de bois.

Que d'exemples semblables ne voyons-nous pas dans le monde ? Tel est assis sous un humble toit, qui se croit sous le dais ; tel autre court à pied, & pense monter un barbe fou-

gueux. Quelle eſt la cauſe de leur er‑
reur ? L'orgueil.

CE nouveau Jeu mérite attention.
Deux adoleſcents tiennent, à la diſ‑
tance de vingt pas, une corde un
peu lâche qu'ils font tourner à leur
gré. Un troiſiéme doit paſſer entre
eux ſans la toucher, ou, mieux encore,
danſer au milieu, ſans que cette cor‑
de mobile, qui paſſe au deſſus de ſa
tête, & ſous ſes pieds, l'effleure en
aucune façon, ſans quoi il perd la
partie, & prend à ſon tour la place
de ceux qui agitent le petit cable.
Etudiez le mouvement de cet Eco‑
lier, voyez comme il épie le moment
d'entrer, & quand la courbe ſera au
point le plus favorable à ſon deſſein.
Il part ni trop tôt, ni trop tard, ni
trop lentement, ni trop vite ; mais
dans l'inſtant précis. Il ſaute alors

avec autant de gayeté que de satis-faction, & il fatigue ses camarades qui envient son adresse & ses plaisirs.

Que signifie ce Jeu ? Manquez l'heure, la minutte, l'occasion, la fortune vous échape : vous perdez le fruit de vos soins, & rarement cet instant se retrouve.

Vers l'Ouest de la Prairie, s'éleve une digue spacieuse destinée à contenir les eaux d'un étang immense qui l'avoisine. Ce boulevard, bordé de quatre rangs d'arbres, offre une promenade agréable & étendue. Les conrr'allées, battues, sablées, tirées au cordeau ne fatiguent pas les *Promeneurs*, & engagent d'autres essaims d'enfans, dont les jeux exigent une surface unie & allignée, à venir profiter de ce avantage. Ici, c'est une

Toupie qui tourne avec vitesse ; une
main la guide, armée d'un fouet, &
la rend alerte & rapide. Cesse-t-elle
d'être tourmentée, elle chancelle,
tombe & meurt (*). Qui ne sent la
leçon qu'on peut en tirer ? Celui qui
vit sans peines se rouille par l'inac-
tion ; de là naissent l'indolence, l'ennui, le dégout, le vice, enfin la
mort du plaisir. Plus loin, c'est un
Cerceau qui roule legerement sur le
sable, & répete sans cesse son mouvement uniforme, avec plus ou moins
de célérité. L'enfant qui le pousse ne
prévoit pas que cette rotation succes-
sive est l'image de la vie qu'il menera
peut être. Combien de mortels lui
ressemblent ! ils parcourent sans cesse
la ligne du même cercle dont ils sont

____

(*) C'est le terme de ce jeu.

circonfcrits, en un mot, ils fe levent
le matin pour fe coucher le foir.

MAIS que vois-je fur la forte de
demi-lune qui regne au bout de cette
levée? Un enfant paroit avoir quelque
force, & n'ofe marcher feul ! fa gou-
vernante fait femblant de le foutenir
par fes lifières ; un valet de chambre
feint de le conduire avec une longue
paille dont il tient l'extrémité. L'enfant gâté, qu'on rend inepte & peu-
reux par ces folles attentions, croyant
être étayé de toutes parts, marche
avec confiance, & l'imbécile n'ofe
s'abandonner à lui-même. Eh bien,
Ames pufillanimes ! qui vous vous at-
tachez aux grands & aux riches du
fiécle, dans l'efpoir d'en être fecou-
rus, & qui vivez fous eux dans le plus
dur efclavage, volez de vos propres
ailes, & vous fentirez tout le prix de

cette indépendance, l'appanage de la Divinité, & le plus grand bien de l'homme.

LECTEURS! qui que vous soyés, c'est ainsi que des enfans peuvent vous instruire. Mon dessein n'est pas de décrire tous leurs Jeux (*a*). Ce que je viens d'en tracer doit suffire pour vous engager à faire sur ceux que vous pourrés voir dans les places publiques (*b*), des applications qui vous

____

(*a*) Ces Jeux ont quelquefois présagé de grands événemens. Romulus & Cyrus ont tous deux été faits Rois dans ces badinages. Ces mêmes singularités sont arrivées à plusieurs. On les trouve rapportées dans *Antonius Muretus variarum lectionum. Libro 2. cap. 9.*

(*b*) Pittacus de Mytilene, l'un des sept Sages de la Gréce, ayant été consulté par quelqu'un sur le choix d'une femme, répondit que les Enfans, dans les rues, le lui indiqueroient. L'homme en question alla se mêler parmi eux, mais ils le re-

foient utiles, & à vous efforcer, avant
la mort, de fortir au moins quelques
momens de votre VIEILLE EN-
FANCE.

---

pousserent, & lui dirent ,, *Vas jouer avec
tes semblables* "... Il comprit que le Sage
avoit voulu lui faire fentir de ne pas con-
tracter un mariage inégal * .... Cette iné-
galité ne doit s'entendre que de caractéres,
de mœurs, d'efprit, d'âge, même de con-
figuration, & non pas de fortune.

  * *Diogene Laërce.*

       F I N.

E R R A T A.

Frontifpice, ligne 4 lifez TIRÉ.
Au verfo, lifez intelligemus.

PENDANT l'impreſſion de cette ſorte de *Bagatelle Morale*, un vrai Lettré, cette diſtinction eſt néceſſaire de nos jours, m'a adreſſé le Billet ci-joint. ‟ J'arrive de la Campagne où ‟ j'ai lû avec attention la Copie de ‟ vos *Jeux d'Enfans*, &c....... les ‟ uns les trouveront trop courts, les ‟ autres trop monotones ; ceux-ci les ‟ auroient voulu en Vers, ceux-là en ‟ Eſtampes, avec la Moralité au bas ; ‟ & puis, un Hollandois ! un Flamand ! ‟ des Mœurs ! en France ! en véri-‟ té, &c.... d'ailleurs dans votre pre-‟ miere notte vous ne dites pas un ‟ mot de l'illuſtre *Catz*, comme ſi cet ‟ Ecrivain, Magiſtrat & Poëte, devoit ‟ être connu dans nos cercles bril-‟ lans. Ainſi pour vous éviter la peine ‟ de chercher des Livres que vous

» n'avez pas ici fous la main, je vous
   envoye, s'il en eft tems encore, une
» nottice dont vous ferez l'ufage qui
» vous conviendra : je vous fouhaite
» le bon jour . . . . D. «

JACQUES CATZ né à Browershaven
en Zélande l'an 1577. Mourut dans
fa terre de Sorguliet en 1660. Après
s'être acquis, dans le Barreau, une hau-
te réputation à Middelbourg par fes
vertus & fes talens, il fut nommé Pen-
fionnaire de Hollande & de Weftfrife
en 1634 & en 1648 Garde des Sceaux
des Etats , & Stadhouder des Fiefs.
Il alla enfuite en Angleterre, fous la
Régence de Cromwel, en qualité
d'Ambaffadeur, &c . . . . . On a de
lui un grand nombre de Poëfies
Hollandoifes, toutes morales , & fi
eftimées , dans les Provinces-Unies,
qu'elles ont été fouvent imprimées

dans tous les formats. La derniere
Edition de ſes Œuvres a paru en 1726
en 2 vol. in-folio. Quel vaſte champ
à moiſſonner ! Voyez l'article Carz
dans le Diction. Hiſtor. Portatif de
M. l'Abbé Ladvocat, Edit. de 1760.
Cet article eſt curieux.